글 나태주

풀꽃 시인. 따뜻한 시선과 다정한 말로 쓰인 〈풀꽃〉 시가 초등학교 교과서에 실리고, 마음을 울리는 글판으로 선정될 만큼 많은 사랑을 받았다. 주변 모든 사람들의 이야기에 대해 겸허히 귀를 기울이고 부드럽게 접근해 사람들에게 위로와 어루만짐을 주고, 동행의 마음을 함께해야 한다는 생각으로 시를 쓰고 있다. 오랜 기간 초등학교 교단에서 아이들을 가르쳐, 아이들의 동심을 닮은 순수함을 지녔다. 등단 이후 마흔여 권의 시집을 펴냈으며, 공주문화원 원장, 한국시인협회 심의위원장(부회장)을 지냈다.

그림 로아 (변유선)

이화여자대학교 조소과를 졸업했다. 2013년 디자인 알베로를 창업해 아트 상품과 다양한 콘텐츠를 제작하며, 일러스트레이터와 콘텐츠 크리에이터로 활동하고 있다. 지은 책으로는 《오늘도 예쁘게, 내일도 따뜻하게 그릴래》《꽃 한 송이, 말씀 한 구절》《이토록 아름다운 수채화 한 장》이 있다.

인스타그램 @roah_art 블로그 www.roahome.com 이메일 vicys@naver.com

마음이
살짝
기운다

마음이
살짝
기운다

나태주 쓰고 로아 그리다

RHK
알에이치코리아

사랑아 강건하여라

─────── 언제나 봄은 봄이 아니었다. 언제나 가을도 가을이 아니었다. 그러나 언제나 봄은 봄이었고 가을은 또 가을. 봄을 가슴에 품고 가을 생각 잊지 않으면 봄이 아니어도 봄이었고 가을이 아니어도 가을이었다.

사랑도 인생도 그러하다. 누군가를 사랑하는 시간이었다 해도 그것을 사랑으로 기꺼이 용납하지 않았다면 그것은 사랑이 아니다. 이별도 또한 이별이 아니다.

사랑은 떠났다. 사랑은 멀리 있다. 그래도 우리가 사랑을 떠나보내지 않으면 사랑은 결코 떠나지 않은 사랑이고 이별도 굳이 비극일 까닭은 없다.

사랑아, 너 그냥 그 자리에서 있거라. 가까이 오려고 애쓰지 말아라. 웃고만 있거라. 강건하여라. 울지 말아라. 지치지 말아라.

우리는 헤어져 있어도 헤어져 있는 것이 아니란다. 멀리 살아도 언제나 만나고 또 만나는 것이란다. 하늘에 바람결에 소식 띄운다.

2019년 1월, 나태주

1장

너를 생각하고
너를 사랑하는 일

2장

많이 예쁘거라
오래오래 웃고 있거라

3장

바람 한 점 나누어 먹고
햇살 한입 받아서 먹다가

4장

바람 부는 날이면
전화를 걸고 싶다

1장

/

너를
생각하고

너를
사랑하는
일

그런 너

세상 어디에도 없는
너를 사랑한다

거리에도 없고 집에도 없고
커피 잔 앞이나 가로수
밑에도 없는 너를
내가 사랑한다

지금 너는
어디에 있는 걸까?

네 모습 속에 잠시 있고
네 마음속에 잠시 네가
쉬었다 갈 뿐

더 많은 너는 이미 나의
마음속으로 이사 와서
살고 있는 너!

그런 너를 내가 사랑한다
너한테도 없는 너를
사랑한다.

미루나무 길

여름날 한낮이었지요
그대와 둘이서 길을 걸었지요
그대는 양산을 받고 나는 빈손으로

햇빛이 따가우니 그대
양산 밑으로 들어오라 그랬지만
끝내 나는 양산 밑으로
들어가지 않았지요

그렇게 먼 길을 걸었지요
별로 말도 없었지요
이런 모습을 줄지어 선
미루나무들이 보고 있었지요

그런 뒤론 우리들 마음속에도
미루나무 줄지어 선 길이 생기고
우리들도 미루나무 두 그루가 되었지요
오래오래 그렇게 되어버렸지요.

9월에 만나요

봄은 올까요?
추운 겨울을 이기고
우리 마을에도
분명 봄은 찾아올까요?
그렇게 묻던 시절이
있었습니다

이제 다시 우리는
이렇게 묻습니다
가을은 올까요?
우리 마을에도
사나운 여름을 이기고
가을은 분명 찾아올까요?

옵니다 분명
가을은 옵니다
9월은 벌써 가을의 문턱
9월은 치유와 안식의 계절

우리 9월에 만나요
만나서 우리 서로 그동안
힘들었다고 고생했다고
잘 참아줘서 고맙다고
서로의 이마를 쓰다듬어주며
인사를 해요

여름에 핏발 선 눈을 씻고
말갛고 말간 눈빛으로 만나요
그날 그대의 입술이 봉숭아 빛
더욱 붉고 예뻤으면 좋겠습니다.

공주 야행

밤에서
과일 향내가 난다는 걸 처음 알았지요

공주의 밤이
정말 좋다는 걸 처음 느꼈지요

바람이 좋았어요
불빛이 좋았어요

멀리
밤하늘의 달님이 참 좋았어요

아니에요
함께 있는 당신이 못내 좋았던 거예요

공주의 밤을 제대로 알려면
공주에서 한 200년쯤은
살아봐야 할 것 같았어요.

까 치 밥 1

십 년 전에 들었어야 했다
적어도 몇십 년 전에 이미
들었어야 했다

사랑해요 사랑했어요
그래 나도 사랑했단다

봄을 보내고 여름 보내고
가을까지 다 보내놓고
초겨울 다 되어서야

나뭇가지
빈 나뭇가지 위에
걸어 놓는 말

사랑해요 사랑했어요
그래 나도 사랑했단다

입술 시린 찬바람이
듣고 갔을까
그래서 붉은 열매 두엇
거기에 남겨두었을까.

여 관 방

공기가 따습고 부드러워야 할 거야
아무한테도 방해받지 말아야 할 거야

화장하지 않은 민낯
옷 입히지 않은 알몸
양심에 가려지지 않은 맨마음

서로의 몸에 난 수술 자국을
살펴보겠지
늘어진 뱃살을 만져보겠지

안쓰럽다는 느낌이 생길 거야
서로가 불쌍해져서 안아주기도 할 거야

보다 깊이

보다 오래

그리고 영원처럼.

그러므로

너는 비둘기를 사랑하고
초롱꽃을 사랑하고
너는 애기를 사랑하고
또 시냇물 소리와 산들바람과
흰 구름까지를 사랑한다

그러한 너를 내가 사랑하므로
나는 저절로
비둘기를 사랑하고
초롱꽃, 애기, 시냇물 소리,
산들바람, 흰 구름까지를 또
사랑하는 사람이 된다.

꽃잎 아래

같은 말을 되풀이하고
또 되풀이하고 그런다

꽃이 지고 있다고
꽃잎이 날리고 있다고
비단옷 깃에 바람이 날리고 있다고

가지 말라고
조금만 더 있다가 가라고

사랑한다고
사랑했다고
앞으로도 사랑할 것이라고…….

나의 시에게

한때 나를 살렸던
누군가의 시들처럼

나의 시여, 지금
다른 사람에게로 가서

그 사람도
살려주기를 바란다.

여름 여자

걸어가는 게 아니라
춤추는 것 같네

아니야
파랑 호수 맑은 물에
물새 한 마리
헤엄치며 노는 것 같네

아니야 그것도
이슬 하늘, 하늘 바다에
하늘새 한 마리
날아가며 노래하는 것 같네

새빨간 운동화 신고

물방울무늬 여름

찰랑찰랑 원피스 차림.

허둥대는 마음

네가 온다고 그러면
허둥대
왜 안 오지?
왜 안 오는 거지?
문밖으로 나갔다가
돌아왔다가 몇 번을
그렇게 해

네가 와있는 시간 잠시
마음 편안해지다가
다시 허둥대기 시작해
왜 안 가지? 언제쯤 갈 건데?
아니 언제쯤 다시
만날 수 있을 건데?

언제나 네 앞에서는
허둥대는 마음
나도 모르겠어.

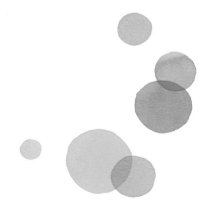

새 로 운   시

어떻게 하면 시를
예쁘게 쓸 수 있겠느냐는 물음에
추하고 좋지 않은 속사람
씻어내다 보면
그렇게 되지 않겠느냐는 대답에
놀라는 얼굴로 바라보던 아낙
호동그란 그 눈빛이 내게는
더욱 새로운 시였습니다.

슬픔

정작 누군가가 죽었어도
누군가와 헤어졌어도

그 사람을 사랑했어도
나보다 더 사랑한다고 말을 했어도

시간이 지남에 따라
슬픔과 아픔보다는

배고픈 마음이 더 많아진다는 사실이
문득 나를 슬프게 한다.

입 술

아무래도 크다
너의 웃는 입술이
너무 크다

그래도 예쁘다

젊어서 예쁘고
치렁한 검은 강물
머리칼 아래 예쁘다

그냥 예쁘다.

눈썹달 그 집

첫눈인데
무슨 눈이 이리도
푸지게 내린다냐!

창밖에 유리창 밖엔
무릎 꿇은 통곡처럼
퍼붓는 눈, 눈

창 안에 유리창 안엔
찻잔을 부여잡고
울먹이는 두 사람

다시는 돌아올 수 없다고
다시는 이 자리로
돌아올 수는 없노라고.

추억

목소리 듣고 싶어서 전화했어요
그래, 그 목소리가 참 좋았다

그동안 아무 일 없었나요?
그래, 그 안부가 참 고마웠다

저를 위해서라도 건강하셔야 해요
그래, 옛날에 그런 시절도 있었다.

너 보고 싶어

창문 여니 맑은 하늘
뭐가 보이니?

나뭇잎을 흔들고 가는 바람
하늘 위에 흐린 구름 몇 송이

너 보고 싶어 내가 보낸
내 마음의 자취 한 자락이야

멀리서도 들리는 새 울음소리
일찍 찾아와서 우는 여름의 철새

너 보고 싶어 내가 보낸
그건 내 마음의 소식, 들어나다오.

바 람 에 게

너는 내가
사랑한다는 걸
모르지 않는다

그걸 빌미로
너는 때로 나를
흔들기도 한다

어지럽다
어지러워

아이야
흔들어도 너무
흔들지는 말아다오.

구름이 보기 좋은 날

머리 위에 깍지 베개를 하고
의자에 기대어 구름을 보고
하늘을 보고 있을 때
누군가 와서 묻는다
지금 뭐하세요?

나 지금 일하고 있는 중이야
나에겐 쉬는 것도 일이고
자는 것도 일이고 하늘 보고
구름 보는 것도 일이야

그러하다
나에겐 날마다 책을 보고 글을 쓰고
강연하는 것만 일이 아니고
노는 것도 일이고
아무 일도 하지 않는 것도 일이란 사실!

일찍이 알았어야 했다
더구나 너를 생각하고
너를 사랑하는 일은 더욱
중요한 일이란 사실!

맑은 날 하늘과
하늘에 뜬 구름이 나에게
가르쳐준다.

먼 길

함께 가자
먼 길

너와 함께라면
멀어도 가깝고

아름답지 않아도
아름다운 길

나도 그 길 위에서
나무가 되고

너를 위해 착한
바람이 되고 싶다.

별 리

괜찮아 괜찮아

곧 만날 거야

우리 곧

만나게 될 거야.

소망

가을은 하늘을 우러러
보아야 하는 시절

거기 네가 있었음 좋겠다

맑은 웃음 머금은
네가 있었음 좋겠다.

애 인

부르기만 해도
가슴이 울렁이고
듣기만 해도 마음이
뜨끔하던 이름이 있었다

얼굴까지 붉혀지던 이름
이제는 아무렇지도 않은 게
참 이상한 일이다
나도 모를 일이다.

서툰 이별

머뭇거림도 없이 훌쩍
네가 떠났을 때
나는 창밖의 안개가 너라고 생각했다
안개 속으로 보이는 산이 너라고 생각했고
안개 속에 추레히 서있는 나무들이
너라고 생각했다

어쩌면 나는 너를 사랑한 것이 아니라
네가 떠나던 날의 안개를 더 사랑하고
안개 속의 산과 나무들을 더
사랑했는지 모른다

사람보다 안개를 더 사랑하고
안개 속의 산과 나무들을 더 못 잊어하다니!
어쩌면 나의 사랑은 네가 아니고
언제나 너의 배경이었는지도 모르는 일

왜 이렇게 나의 사랑은
끝까지 서툴기만 한 것이냐!

너 때문에

근심은
사람을 나이 들게 하고

슬픔은
사람의 살을 마르게 한다

그런데, 그런데 말이다
그 모든 것들이

바로 너 때문에 그런데
이걸 나는 어쩌면 좋으냐.

가을 마루

오래된 마루 위에서
너의 맨발을 보았다

그것도 시든 꽃다발
앞에 모아진 맨발

돌아가

나는

너의 알몸을 보았다 하고
너의 영혼을 만졌다 하리라.

명사산 추억

헛소리 하지 말아라
누가 뭐래도 인생은 허무한 것이다
먼지 날리는 이 모래도 한때는 바위였고
새하얀 조그만 뼈 조각 하나도 한때는
용사의 어깨였으며 미인의 얼굴이었다

두 번 말하지 말아라
아무리 우겨도 인생은 고해 그것이다
즐거울 생각 아예 하지 말고
좋은 일 너무 많이 꿈꾸지 말아라
해 으스름 녘 모래 능선을 타고 넘어가는
어미 낙타의 서러운 울음소리를 들어보아라

하지만 어디선가 또다시 바람이 인다
높은 가지 나무에 모래바람 소리가 간다
가슴이 따라서 두근거려진다
그렇다면 누군가 두고 온 한 사람이 보고 싶은 거다
또다시 누군가를 다시 사랑하고 싶어
마음이 안달해서 그러는 것이다

꿈꾸라 그리워하라 깊이, 오래 사랑하라
우리가 잠들고 쉬고 잠시 즐거운 것도
다시금 고통을 당하기 위해서이고
고통의 바다 세상 속으로 돌아가기 위함이다
그리하여 또다시 새롭게 꿈꾸고 그리워하고
깊이, 오래 사랑하기 위함이다.

그 래 도

사랑했다
좋았다
헤어졌다
그래도 고마웠다

네가 나를 버리는 바람에
내가 나를 더
사랑할 수 있었다.

이 유

네 눈이 그리도 이뻤던 것은
가을 햇빛 탓이었을 것이다

네 눈이 그리도 맑았던 것은
가을바람 탓이었을 것이다

아니다 우리 앞에 이별의 시간이
다가왔기 때문이다

눈물이 하늘 강물이 너의 눈을
더 이쁘게 맑게 보이도록 했던 것이다.

새 로 운   별

마음이 살짝 기운다
왜 그럴까?
모퉁이께로 신경이 뻗는다
왜 그럴까?
그 부분에 새로운 별이 하나
생겼기 때문이다
아니다, 저편 의자에
네가 살짝 와서 앉았기 때문이다
길고 치렁한 머리칼 검은 머리칼
다만 바람에 날려
네가 손을 들어 머리칼을
쓰다듬었을 뿐인데 말이야.

마 음 안 의 그 여 자

아내가 예쁜 그는
마음 안에 아내보다 더
예쁜 여자 하나
데리고 산다

아내가 살가운 그는
마음 안에 아내보다 더
살가운 여자 하나
키우며 산다

눈썹이 포로소롬하고
입술이 파르족족한 그 여자
가끔은 그가 물레를 돌릴 때
밖으로 나와 구경을 하고

그가 그릇을 빚을 때
그의 손을 맞잡아
그릇을 빚어주기도 하고
그릇에 그림을 그릴 때
그의 손을 대신해서
그림을 그려주기도 한다

이제는 계룡산 산봉우리도
슬쩍 훔쳐 올 줄 알고
계룡산 나무며 풀이며 꽃
새소리 물소리까지 은근히
훔쳐 올 줄 아는 그 여자

오래 거기에 머물러 살며
도예가와 동행해주오
우리가 보고 싶어 하는 세상
우리가 보지 못하는 세상
그릇으로, 그릇의 그림으로
보여주시라.

찔레꽃

낮선 고장 낯선 골짜기
새하얗게 올해도 피어난
찔레꽃 보니

생각이 나네
산골에 혼자서
숨어 사는 아낙네

언제쯤 찔레꽃 보러 가듯
그 여자 한 번
만나러 가야겠네.

시 계 선 물

시계를
드리고 싶어요

시계를 보며
오래오래 나를
생각해달라고

아닙니다
나 없는 세상에서도
오래오래 잘 살아달라고.

2장

/

많이
예쁘거라

오래오래
웃고
있거라

사 랑

너 많이 예쁘거라
오래오래 웃고 있거라

우선은 너를 위해서
그다음은 나를 위해서
세상을 위해서

너처럼 예쁜 세상
네가 웃고 있는 세상은
얼마나 좋은 세상이겠니!

흰 구름

줄지어 선 미루나무
미루나무 가지 끝
어린 날엔 흰 구름을 새하얀
빵이라고 믿었던 적이 있었다
자라면서 어머니나 예쁜 여자아이라고
꿈꾼 적도 있었다

이제금 새롭게 나는 흰 구름을
아버지라고 생각해본다
지상의 한 배고픈 아들을 위해
아버지가 하늘의 빵을 들고 나와 계시는구나
지금은 시골서도 사라지고 없는
미루나무 가지, 높은 가지 끝.

엄마 마음

아기가 자라면
엄마도 따라서
자라고

아기가 변하면
엄마도 따라서
변한다

아기가 웃을 때
따라서 웃는
엄마

아기가 아플 때
따라서 아픈
엄마

아기는 엄마의
조그만 호수
조그만 하늘

구름 한 점 없기를
물결 하나 없기를
손 모아 기도한다.

미신

네 등판에 점이 많구나
등에 점이 많은 사람은
환생을 많이 한 사람이란다
어려서 외할머니 말씀이다

당신 등판에 점이 참 많아요
꼭 깜깜한 밤하늘에 뜬
별들의 잔치 같아요
늙어서 아내가 하는 말이다

환생이든 별들의 잔치든 다 좋다
그러거니 믿고서 살아보는 거다
어차피 나는 내 등판의 점들을
내 눈으로 볼 수 없는 일 아닌가.

아 침 식 탁 에 서

아이 둘 낳아 기를 때
나의 아이들 아직 어렸을 때
만약에 우리가 이혼하는 사람들이 되었다면
절대로 자기는 아이들 떼놓고
집을 나가는 사람이 되었을 거라고
아이들 키울 자신이 없어 분명
그렇게 하는 사람이 되었을 것이라는
아내의 말을 듣고 짐짓
가슴이 아리다
그렇다면 우리 집 아이들은
어디서 누구하고 산단 말이냐
아이들 울고불고 길거리를
헤매고 그랬을 일을 생각하면
우리가 젊어서 이혼한 사람들이 아닌 게

참 잘한 일이지
같이 살아 늙은 사람이 된 것이
참 좋은 일이지
있지도 않았던 일들을 생각하며
가슴 쓸어내리는 어떤 아침이 있었다.

변 명

내가 사는 집은 오래된 집 낡은 집
시내에서도 변두리에 지어진
30년 가까운 낡은 아파트 9층
아침마다 그 집에서 나와
저녁마다 그 집으로 돌아간다

그 집에는 누가 누가 사나?
그 집에는 늙은 여자가 산다
나만큼이나 늙은 여자다
나하고 오래오래 살아서
나처럼 늙어버린 여자다

그 집에는 무엇 무엇이 있나?
내가 신었던 낡은 슬리퍼

낡은 책상과 침대와 이불과 베개와
낡은 책들이 있다
그것들은 오직 나의 것들
버려도 아무도 가져가지 않을 것들이다

그래서 나는 그 집이 좋다
낡고 오래된 집이 좋고
늙고 병든 아내가 편하고
내가 쓰던 이것저것 물건들이 좋은 것이다

이런 집을 떠나서 내가 어디로 가겠나?
이것이 내가 새로 지은 아파트로
이사 가지 않는 이유이고 또 그 변명이다.

실 수

때때로 나는
아내가 어머니라고
생각할 때가 있다

실수다

때때로 나는
아내가 누이라고
생각할 때도 있다

더욱 실수다.

꽃철

어머니 올해도 봄은 오고
5월은 꿈같이 흘러
영산홍 철쭉꽃들 피어나고
모란도 송이 벌었는지요?

고향에 있을 때 제가 심은 꽃
그때는 어려서 꽃도 제대로 못 봤는데
이제는 꽃도 자라
저만큼 피어났는지요?

꽃철에도 고향 가지 못한 게 여러 해
꽃이 피면 어머니 뜨락에 내려
허리 구부려 꽃을 보고
또 보고 그러시는지요?

자라서도 못 미더운
아들 보듯 그러시는지요?
어머니, 제게는 어머님이 그 어떤
꽃보다도 고우신 꽃이십니다.

094

이 사람을

몸이 아파 죽을 날을 생각하니
걱정이 많아져
사다놓고 신지 않은 양말이 몇 켤레
고무장갑이 몇 개
꺼내 놓고 세어보면서 아까워했다는 이 사람
하나님! 이 사람을 어찌하면 좋겠습니까?

남편 밥은 누가 해주며
방 청소는 누가 하며
빨래는 또 누가 해줄 거냐며
울먹였다는 이 늙은 아낙을
하나님! 어찌하면 좋겠습니까?

나의 골리앗

내가 다윗이라는 말은 아니지만
다윗에게게처럼 내게도 언제나
골리앗이 있었다
어떤 모습으로든
어떤 이름으로든
골리앗이 있었다
골리앗은 내 앞에서 내 뒤에서
언제든 틈만 있으면
나를 쓰러뜨리려고 으르렁거렸고
때로는 내 안에서
내 몸과 마음을 찢고 밖으로 나와
나를 부수려고 용을 쓰곤 했다
그러나 나는 번번이
그 골리앗을 피해 갔다

골리앗을 죽이거나 없애버리는 것이 아니다
다만 골리앗의 눈을 속이고
골리앗의 손아귀에 잡히지 않으려고
노력했을 뿐이다
나는 지금도 골리앗을 피해 도망치는 중이다
아슬아슬하게 살아남고 있는 것이다.

다 시 초 보 엄 마 에 게

다시 초보 엄마야
안녕!

새 아기에게 세상이
새롭게 눈을 뜬
세상이 새롭게
눈부시듯이

아기를 따라서
엄마의 세상도
새롭게 눈을 뜨고
새롭게 눈부신
세상이기를!

오늘만 그런 게 아니라
내일도 모레도
오래오래
그러하기를!

빨래론

나는 날마다 몸을 빤다

빨아도 빨아도 더러워서

어떤 날은 아침에도 빨고 저녁에도 빤다

당신은 참 더러운 사람이에요

목욕한 물이 꼭 걸레를 쥐어짠 것 같아요

아내가 하는 말이다

그렇구나! 내 몸이 걸레구나

걸레라도 쉽게 더러워지는 걸레

빨아도 빨아도 다시 더러워지는 걸레구나

실은 글을 쓰는 것도

내가 맑고 깨끗하고 좋은 사람이어서

아름다운 사람이어서 그러는 것이 아니라

속사람이 워낙 형편없어서

그것을 좀 바꾸기 위해 그러는 것이 아닐까

참말로 그렇구나!
글을 쓰는 것이나 목욕하는 것이나
빨래하는 것이나 결국은 같은 것이구나
목욕을 하면서 잠시 해보는 생각이다.

풍 금

어느 먼 곳에서
내 이름 부르는
소리

솔바람 소린가 하면
바닷소리이고
바닷소린가 하면
아, 어머니

해 저물어
젊으신 어머니
어린 나 부르는
소리.

고 향

한 가지 풍경만 보면서 살았던 것도
나쁘지 않았다

물론
날마다 만나던 사람만 만나며 산 것도
나쁘지 않았다.

귀국

꽃이 피면 꽃 보고 싶고
새가 울면 새소리 듣고 싶고
헤어져 있어도 너
보고 싶어 하는 마음이
먼 나라로 떠나게 하고
또 서둘러 집 찾아
돌아오게도 만든다.

딸에게

'이 더위에
부산까지
힘들어서 어쩌나!'

네가 멀리
캐나다에서
보내온 카톡

괜찮아
세상과의
약속이야

애기들이랑 잘 자고
내일 또 좋은 세상
만나기 바래

실은 나에겐
지금 여기가
바로 천국이야

너는 더 좋은
등급의 천국에 잠시
가 있는 거구.

여 행   1

애기해드리고 싶어요
나 먼 데 갔다 왔거든요

새로운 것도 많이 보고
잃어버린 나를
찾아오기도 했거든요.

육아 퇴근

애기 둘 다 재우고
10시 넘어 11시 가까워
겨우 퇴근한다는 말
마음에 돌을 던진다

그래 퇴근, 좋다
하루 종일 엄마 노릇
그 노역을 내려놓고
퇴근, 좋겠다

잘 자거라 잘 쉬거라
꿈속에서라도 혼자가 되어
훨훨 너의 동산에
맨발 벗고 뛰어놀고
하늘을 날아 구름도 되고
그러렴

내일은 또 아침
아이들 잠에서 깨면
출근해야지.

젊은 엄마에게

네가 있어 세상은
다시 한번 새 세상이고
날마다 하루하루는
또 새날이네

아니야 네가
안고 있는 아기가 있어
세상은 다시금
빛나는 세상인 거야

그렇지, 아기는
또 하나의 지구
또 하나의 우주
세상 모든 좋은 것들의 총합

둥글고도 부드럽게
싱그럽고도 아늑하게
고마워 고마워
너와 네 아기에게 고마워.

맑은 날 하늘

청량한 달님도 있지만
흔히는 흐린 하늘
구름 속에 매연 속에
흐리게 웃고 계신 달님

어머니 어머니
좋은 것 드리지 못하고
근심만 드려서
죄송합니다.

옛 말

소 팔러 갈 때
개 따라간다는
옛말이 있다

애지중지 기르던 소
시장에 내다 팔고
빈손으로 돌아오시던 아버지

고삐 놓고 허전한 마음
막걸리 사발에 취해서
바라보시던 저녁 하늘

우리는 한때 아버지에게
팔려간 소였을까
쫓아도 쫓아도 뒤따라가던
개였을까.

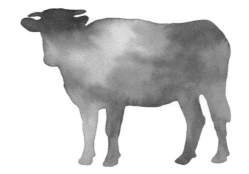

3장

/

바람 한 점
나누어 먹고

햇살 한입
받아서
먹다가

이 편과 저 편

세상을 살다 보면
세상 이편에서
세상을 구경하면서 살 때가 있고
세상 그것이 되어 살 때가 있다

세상을 구경하며 살 때는
건너다보는 세상이 부럽고
세상이 되어 살 때는
세상을 구경하며 살 때가 그립다

그러나 두 가지 세상 모두가
아름다운 것이고 좋은 것이란 것을
우리는 잠시 잊고 살 뿐이다.

여행 2

먼 길 먼 사람
아프지 말고

구름도 보고
바람도 만나고

더러는 구름도 되고
바람도 되어서

다시 가까운 길
가까운 사람.

맑은 날

개울물을 바라본다
맑고 깨끗한 물
어! 물고기가 있네

물고기가 헤엄친다
내 마음속에도
맑은 물이 흐르고
물고기가 헤엄친다

오늘은 모처럼 맑은 하늘
나도 이제는 물고기
하늘 바다에 헤엄친다.

풀꽃문학관

시인의 말을 듣지 않고서는
누구도 잡초를 뽑지 마십시오
시인이 꽃으로 기르고 있는
잡초가 있을지 모르니까요.

물고기 그림

석장리 시편 · 1

강물에서 바다에서 피둥피둥

헤엄치며 놀던 물고기들 잡아다가

밥상에 올려놓았으니

우리들 밥상이 강물이 되고 바다가 됐지 뭔가

우리도 강물이 되고 바다가 되어보는 거야

아니 물고기로 살아보는 거야

그렇지 않고서는 물고기를 배반하는 일이고

강물과 바다를 실망시키는 일이지 뭐냐

그뿐인가

때로는 하늘을 펄펄 나는 새들을

잡아다가 길러서까지 밥상에 올려놓고

그들의 사랑스런 알까지도 밥상에 올려놓았으니

우리가 이번엔 하늘이 되어보고 새들이 되어보고

새들의 알이 되어보는 거야

아니 그런 모든 것들로 한번 살아보는 거야

그래야 상생이고 동행이 아니겠는가

사과나 배 참외 수박이나 딸기
그런 과일들은 더 말할 것도 없지
우리가 그냥 그런 과일이 되어버리는 거야
과일들이 가졌을 빛나는 시간들을 가지고
과일들과 함께 눈부신 햇살과 맑은 공기와 깨끗한
물이 되어버리는 거야
그렇지 않고서는 정말로 배반이지 찬성이 아니야
찬성! 찬성! 그래 찬성 말이야.

때때로 그런 걸 우리는 공주 석장리 금강변
구석기 박물관 그 여름에 와서
배우고 느끼고 그런다
그래서 우리도 구석기 시대 사람으로
다시금 태어나고 싶어 한다.

식 탁 앞

석장리 시편 · 2

물고기를 먹는다는 것은
물고기를 먹어 치운다는 것이 아니다
우리 스스로 물고기 지느러미가 되고 아가미가 되어
강물을 느끼고 바다를 느낀다는 것이다

그리하여 끝내는
우리도 물고기가 되어보고 강물이 되어보고
바다가 되어본다는 것이다
나아가 한 마리 물고기로
살아보기도 한다는 것이다

한 그릇 쌀밥을 먹을 때도 그렇다
벼가 밥이 되기까지 가졌던 그 모든 고난과 기쁨
기름진 들판의 따가운 햇살이며

싱그러운 바람 그리고
한 톨의 쌀을 위해 흘렸을
고마운 농부의 땀방울을 느껴보아야 하는 것이다

무엇을 먹는다는 것은 결코 허겁지겁
먹어 치우는 것이 아니다
그것은 우리가 먹는 그 무엇과
하나가 되는 일이고 협동하는 일이다
거룩한 일이고 성스럽기까지
한 일이다

그렇지 않고서는 오늘 우리에게
희망 같은 것은 없다.

무용지물

석장리 시편 · 3

그물을 들고 물고기 잡아
매운탕 좀 끓여 먹어보자고
강가에 나왔다가

강물 속에 노는 물고기들 귀엽고
강물에 빠진 산 그림자 예쁘고
바람까지 좋아서

그것들 바라보며 그것들 함께
노는 일에 그만 빠져서
그물은 펼치지도 못한 채

바람 한 점 나누어 먹고
햇살 한입 받아서 먹다가
다 저녁때 되어서야

빈손으로 일어나 허청허청
집으로 돌아가는 에그 저 무용지물!
노을도 따라가면서 혀를 찬다.

베 란 다

우리 집 아파트 9층
통 유리창 밀고 밖을 내려다본다
어느 사이 초록의 바다가 된 세상
아니 바다 밑 세상으로 바뀐 마을

줄장미 붉은 꽃으로 감옥이 된 집이 있네
옛날 교직 동료 서 선생은 부지런하기도 하지
어느새 그가 가꾸는 텃밭엔 무른 채소들
한 줄로 세운 고춧모, 방울토마토
그 옆으로 케일, 상추, 양파, 아욱
산에선 벌써 꾀꼬리까지 돌아와 우네

가슴을 크게 열어 줄장미꽃 붉은 향기를 마신다
서 선생네 채소밭 채소들 푸른 내음을 마신다
꾀꼬리 울음소리도 마시고 드디어
산도 하나 들어서 마셔본다

그래 오늘은 내가 줄장미꽃 붉은 향기가 되어보는 거야
서 선생네 푸른 채소 내음이 되어보는 거야
그래 오늘은 내가 꾀꼬리 울음소리로 살아보고
5월 푸른 산으로도 살아보는 거야.

산 제 비

장마철의 한낮
비 잠시 그쳐 빗방울 후둑후둑
흩뿌리는 날
하늘 높은 하늘
제비 산제비 떴다
작년에 살다간 그 제비일까
그 아들이나 딸 제비일까
부디 올해도 잘 살아
새끼도 치고 아프지도 말고
건강하게 남쪽 나라로 갔다가
다시금 금학동 높은 하늘
날아다니기를 바라노라
나도 또한 저 제비들 다시 보기를
꿈꾸노라.

뿌 리 의 힘

쓰러진 꽃도
함부로 밟거나
잘라서는 안 된다

꽃이 필 때까지
꽃이 질 때까지
기다려주어야 한다

그 꽃 한 송이 피우기 위해
뿌리는 얼마나 애를 쓰고
줄기와 이파리는 또

얼마나 울고 불며
매달리고 달래며
그랬을 것이냐

우리는 비록 몰라도
아주는 모른다 해서는
안 되는 일이다.

흐린 날

해가뜨거든
하늘맑거든
하늘길타고
너는오너라

눈부신맨발
이슬신신고
하늘길멀리
바닷길멀리

너또한하늘
너또한바다
구름이되고
파도가되어.

낮 잠

파초
넓고 푸른 그늘
푸른 바람

바람의 손은 커서
낮잠 든 노인
꿈길은 멀고도 깊어

아시아의 사막
돈황 어디쯤
돌아올 줄 모른다.

아 침 잠

꾀꼬리 울고
뻐꾸기 우는 이른 아침
밤사이 글을 쓰다가 지쳐서
나는 아침잠에 빠진다

꾀꼬리 울음소리가
자장가다
뻐꾸기 울음소리가
자장가다

나의 잠도 그만
꾀꼬리 울음 빛
노랑으로 물들고
뻐꾸기 울음 빛
파랑으로 물든다.

호 랑 나 비

가지 말라고
함께 가자고
붙잡은 치마 끝
진다홍빛 치마 끝

끝내 가겠다고
가야만 한다고
뿌리친 치마 끝
뿌지직 찢어져

그만 나비가
되고 말 줄이야
펄펄 날아 나비
호랑나비 될 줄이야

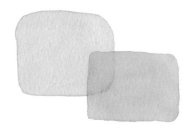

더 있어달라고
함께 가자고
더 있어달라고
함께 가자고

펄펄
나비 날아
뻥 뚫린
하늘!

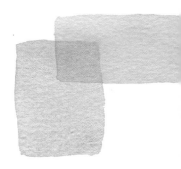

그대 빚는 흙 그릇에

도대체 말을 하지 않는다
씨익 한번 웃는 웃음으로
천 마디 백 마디
말을 대신한다

마음속에 조선 선비 한 사람
품고 있다 그러할까
조선의 하늘과 구름을
기르고 있다 그러할까

계룡산 기슭에 오래 살아
계룡산 나무와 풀을 닮고
계룡산 물소리 바람 소리를 닮고
끝내 계룡산을 닮아버린 사람

그대가 빚는 흙 그릇에
계룡산 바람 소리 물소리
계룡산의 나무와 풀들
찾아와 놀다가 가기를 바라노라

끝끝내 두둥둥둥 북이 울어
조선의 하늘이 열리고
조선의 구름도 두둥실 몇 점
떠서 흘러가기를 바라노라.

구 절 초

날씨가 차니
물이 맑고
물가에 하얀 꽃 핀다

너도 이제
물가에 와
꽃이 되어라

나도 네 곁으로 가
하얀 꽃 한 송이
피우려 한다.

그 리 움

섬진강 스쳐
순천 가는 길
산마루에 는개가
앞을 막는다

가지 말라고
같이 가자고
보이지 않는 손을 들어
앞을 막는다

어쩌면 좋으냐!
너는 그렇게 멀리 있고
나 또한 이렇게
멀리 와있는데.

는개 안개비보다는 굵고 이슬비보다는 가는 비

아 뿔 싸

청개구리는
찬피동물이라
사람이 손으로 만지면
화상을 입는다
그런다

아뿔싸!

그것이 그랬구나
이적지 살면서
내 생각만 하고
사람 생각만 하고
살았구나

미안하다.

서슬 푸르다

꽃이 폈다
모진 추위를 견디고 더욱
적극적으로 몸을 풀었다

세상이 서슬 푸르다

유리창을 닦고
방바닥을 밀고
대문 밖까지 쓸었다

우리 집이 서슬 푸르다

이제는 아무도 함부로
손을 대지 못하리라.

하늘 붕어

몽실몽실 피어오르는 구름
아리잠직 그림 너머의 그림
고마워 고마워

둥글고도 깊고도 맑은
목소리 노랫소리
들려줘서 감사해

빼꼼빼꼼 작고도
붉은 입술 벌려
바람을 마시고 꽃을 마시고
풀과 나무와 산을 마시고

그래 강물 하나까지
들이마시고 두둥실
하늘 위에
하늘 붕어 되어 뜬다

좋다 나도 하늘 위에
하늘 붕어 되어 뜬다
오늘은 너 때문에
내가 너무 가볍다.

칡 꽃   향 기

오래고 오래전
내 고향 서천 한산 장날
한산향교 뒷산
지금은 사라진 산길

초여름날 한낮
보랏빛 칡꽃이 피어
외눈 치뜨고 흰 구름 볼 때
산들바람 불 때

산골길에서 문득 만난
열아홉 처녀
눈이 맑은
하얀 블라우스 차림

맑은 이마에 송글송글
맺혔던 그 예쁜 땀방울을
어찌 나 잊을 수 있으랴
흰 구름도 보고 있었는데

그 땀방울들 데리고 어여삐
오래 지상에서 평안하기를!
산들바람이여 칡꽃 향기여
니들도 오래 함께 숨 쉬고 있기를!

어 떤 사 막

스스로 바람이었고
스스로 꽃이었다

너무나도 큰 바람 앞에
너무나도 커다란 꽃송이

스스로의 바람이
스스로의 꽃을 쓰러뜨렸다

허장성세 지루한
혼자만의 코스프레

끝내 아무것도
남은 것이 없었다.

여 행 자 에 게

풍경이 너무 맘에 들어도
풍경이 되려고 하지는 말아라

풍경이 되는 순간
그리움을 잃고 사랑을 잃고
그대 자신마저도 잃을 것이다

다만 멀리서 지금처럼
그리워하기만 하라.

4장

/

바람 부는
날이면

전화를
걸고 싶다

터미널 식당

인천종합버스터미널 지하층
터미널 식당
운전기사며 노동자며 뜨내기들
아무나 찾아들어 백반이든 국수든
차려놓은 음식 제 손으로 양껏
퍼서 먹는 집
얼굴 모르는 사람끼리도
서로 자리를 권하며 양보하며
밥을 먹는 집
고향 말씨 하나만으로도
고향 사람이라고 챙겨주고
같은 버스 타고 왔다고 동행이라고
마음 써주는 사람들
아 여기에 내가 그동안 잊고 살았던

사람 사는 세상이 남아있었구나
정말로 건강하고 사람다운 사람들
여기에 모두 모여 밥을 먹고 있었구나
나도 그 집에서 국수
양껏 먹고 오천 원 내고 나오면서
밥 먹은 배보다도
마음의 배가 더 불러
만나는 사람마다 실없이
웃음 지어 보이곤 했던 것이다.

다시 중학생에게

사람이 길을 가다 보면
버스를 놓칠 때가 있단다

잘못한 일도 없이
버스를 놓치듯
힘든 일 당할 때가 있단다

그럴 때마다 아이야
잊지 말아라

다음에도 버스는 오고
그다음에 오는 버스가 때로는
더 좋을 수도 있다는 것을!

어떠한 경우라도 아이야
너 자신을 사랑하고
이 세상에서 가장 귀한 것이
너 자신임을 잊지 말아라.

생 각 중

스승의 날 찾아뵈온 선생님
90세도 훨씬 넘으신 선생님
여전히 텃밭에 나가
호미로 풀을 뽑고 계셨다

선생님, 다음에 또 오겠습니다
이것저것 이야기 나누다가
인사드리고 물러날 때
응, 그려, 대답만 하실 뿐
여전히 선생님은 앞만 보고 계셨다

사람이 100살쯤 가까이 살면
뒤돌아볼 일조차 없는 것인가?
아니야 뒤돌아볼 일 없게
살아야 하는 게 아닐까!
생각 중이다.

은 은 하 게

줄장미꽃 향기는 멀리서
있는 듯 없는 듯
은은하게

사람의 향기는 더욱 멀리서
보일 듯 보일 듯
더욱 은은하게

바다 건너 제주도
한라산 봉우리쯤에서
태화강변 울산의
대나무 숲 언저리로부터.

자 화 상

어려서 어려서부터
먼 곳이 그리웠고
멀리 있는 사람이 보고 싶었다
그리운 마음 보고 싶은 마음이 모여
가늘고도 긴 강물이 되었고
일생이 되었다

때로는 나무가 되고 싶었고
이름 모를 꽃이 되고 싶었고
하늘 위에 두둥실 구름이 되고 싶었다
그런 헛된 소망이 나를 키웠고
나를 이끌어 노인의 날에 이르게 했다

이제 내가 그리운 사람이 되고

보고 싶은 사람이 되고

더러는 나무가 되고 꽃이 되고

흰 구름이 좀 되어보고 싶은데

그런 소원이 잘 이루어질지

안 이루어질지는 나도 모르겠다.

전 화 를 걸 고 있 는 중

바람 부는 날이면
전화를 걸고 싶다
하늘 맑고 구름 높이 뜬 날이면
더욱 전화를 걸고 싶다

전화 가운데서도 핸드폰으로
멀리, 멀리 있는 사람에게
오래, 오래 잊고 살던
이름조차 가물가물한 사람을 찾아내어

잘 있느냐고
잘 있었다고
잘 있으라고
잘 있을 것이라고

아마도 나는 오늘
바람이 되고 싶고
구름이 되고 싶은가보다
가볍고 가벼운 전화 음성이 되고 싶은가보다

나는 지금 자전거를 끌고
개울 길을 따라가면서
너에게 전화를
걸고 있는 중이다.

눈

알제리 시편 · 1

미안하다
네 눈을 좀 오래 들여다보도록
허락해다오

창밖에도 눈
창 안에도 눈

낙타 눈썹 아래
껌벅이는 둥글고도 맑고
깊은 눈

무슨 크고도 많은 이야기가
숨어있을 것만 같아
마음이 따라 들어갔다가는

한참 동안 돌아오지 않는다

마음 안에도 눈
마음 밖에도 눈

한 나라 왕조의 역사가
들어있을 것 같은 눈
눈, 눈

저 많은 눈들을 두고
나 돌아가도 그냥은
돌아가지 못한다.

샤 히 라

알제리 시편 · 2

슬픈 일 없이도
슬퍼 보이는 눈
그냥 커다란 호수

그냥 뜻 없이
뜻도 없이

눈 한 번 껌벅일 때마다
하나의 세상이
열렸다 닫히곤 한다.

의 자

알제리 시편 · 3

잠시만 앉았다 가세요

잠시만 앉았다 가도

이 집은 당신의 집이 된답니다.

시 시 껄 렁

알제리 시편 · 4

천 년 전의 바다
천 년 전의 바위
천 년 전의 햇빛과 바람
데리고 기다리고 있었으니
그 옆에 잠시 앉았다
가지 않을 수 없구나

시시껄렁하게
시시껄렁하게

천 년 전부터 여기 오기로
되어있던 나
다시 천 년 뒤에나 여기
오기로 되어있는 너.

앉 아 서

알제리 시편 · 5

서있을 때 보이지 않던
구름이 자리에
앉았더니 보이기 시작한다

구름만 보이는 게 아니라
바람의 손도 보이고
바람이 만지고 가는
구름의 속살까지도
은근슬쩍 보인다

거기 서있는 나무가 저렇게
높을 줄이야
내가 또 그렇게 키가
작을 줄이야.

창 밖에

알제리 시편 · 6

창밖에 유리창 밖에
두 남자
작은 종이컵에 든 커피를
정답게 달게 나누어 마신다

때 아닌 비가 내리고
조금은 으스스한 날 아침

나무와 나무 사이
종려나무와 종려나무 사이
또 다른 두 그루
종려나무가 되어.

아 랍 처 녀 샤 히 라

잘 가라 파랑새
먼 하늘 날아서
지치지 말고
아프지 말고
네 둥지 찾아서
잘 가서 살아라

너로 하여 며칠
무지개 뜬 마음
행복했고 좋았다
그 순간들 못 잊어
나도야 오늘은
눈이 붉은 하늘새

빈 하늘 붉은 노을
너를 보듯 본단다.

다짐해본다

내가 무슨 횡재이고 무슨 복인가 몰라
가만히 앉아서 울릉도 고로쇠물을 받아 먹다니!
분명히 고로쇠물 받은 사람의 수고가 있고
물을 사서 보내주는 사람의 정성이 숨었을 거야

그것도 해마다 3월이면 이러니
이거야 말로 고마움이고 감사함을 넘어서
눈물겨운 일이지 뭐야
살아서 숨 쉬는 사람의 오로지 축복이지 뭐야

고로쇠물 받는 손길은 얼마나 겨울의 끄트머리
울릉도 바닷바람에 으슬으슬 춥기도 했을까
고로쇠나무는 제 몸에 있는 물을 나누어주며
얼마나 마음이 쓰리고 아프고 아깝고 그랬을까

어쨌든 올해도 고로쇠물 받아 염치없이 먹으니
한 해를 조심스럽게 잘 살아야 하겠지
고로쇠나무처럼 푸르고도 맑은 초록의 이파리 내밀며
하늘 속에 하늘거리며 살아야 하겠지 다짐해본다.

까 치 밥 2

좋은 사람
고운 사람
그 여자에게로 가면

세월도 잠시 눈을 감고
사랑도 잠시 여울 되어
그 집 마당 감나무 되어

감나무 옷 벗은 가지
달랑 남은 몇 개 홍시
까치밥으로 익는다

하늘 향해 밝혀 든
그 여자 등불
겨우내 꺼지지 말아라.

그 먼 길을

가을도 깊어진 가을
낯선 길 그 먼 길을 혼자 왔는데
버스 타고 차창에 지는
가을 햇빛 보며 혼자 왔는데

함께 잠시 마주 앉아있지도 못하고
차 한 잔 나누며 이야기도 못하고 그냥
다시 그 먼 길을 혼자 되짚어가게 하다니

미안해라 고마워라
다만 가을들 노랗게 익은 벼 논의 벼들
황금 빛깔과 그 위로 떨어지는
황금의 햇살만 눈물겨웠으리
가을 햇살만 동무였으리

고마워라 미안해라
혼자 왔다 혼자 돌아가는 길
그래도 그 마음에 축복과 감사와
기쁨이 살아있었기를.

하물며

나에겐 시간이 많지 않다
세상에 내가 남아있을 날이
그리 많지 않다는 말이다

그래도 사람들이 나에게
시간을 달라 그러면
서슴없이 준다

하물며 너에게서랴!
네가 나에게 시간을 달라면
언제든지 아낌없이 주리라

나의 시간보다 네가
나에겐 더 소중한 사람이니까.

아 하

아하 그랬구나 사람이 그렇구나
오래오래 사시어 좋은 일 하시렸더니
스님도 사람인지라 어쩔 수 없었구나

해마다 오는 여름 올해도 맞으시어
시원하게 지내십사 모시옷 드렸더니
그 옷도 못 입으시고 가시고 말았구나

세상에 계셨을 때 업적이 많으셨네
스님으로 시인으로 때로는 크신 어른
저 세상 비록 가셔도 극락정토 누리소서.

맨 발

맨발로 어디를 가시나요?
하나님 만나러 가지요

가시는 길까지 내가
당신 신발 들어 드리겠어요.

초 희   아 씨

아씨, 초희 아씨
지금쯤 어디에 계신지요?
시를 짓다 터진 눈물
솟구친 울음바다
이제는 진정이 되셨는지요?

난분분 난분분
눈발 날리는 날
강릉이라 초당동
아씨네 집 찾아와
격자 창문 어둠 보며
울먹여봅니다

초희 아씨 허초희, 허난설헌

세상 사는 일이사
그제나 이제나
만만하기만 하겠는지요!
힘겨운 삶 속에서도
시의 문장에 마음을 실었기로
아씨는 이제 몇백 년을 살고서도
앞으로도 몇천 년
살아갈 목숨

마루 대청 저 너머

울음인 듯 통곡인 듯

내려 쌓이는 눈발 속에

오히려 꼿꼿이 꽃대를 세워

지지 않는 꽃

난초꽃 한 송이

오늘에도 봅니다.

후배 시인을 위하여

후배 시인 한 사람, 더 어린 후배 시인이
제한테도 시집 좀 주세요, 그럴 때
내 시집 읽어줄 거야? 그렇다면 주어야지
말하면서 정성껏 새로 나온 시집에
사인하는 걸 보았다

아 저 친구가 외로움을 많이 타고 있구나!

그렇지만 시인아,
시인은 외로워서 시인이란다
시인이 어찌 외로움 없이 시인이겠느냐!
그대의 외로움이 그대를 더 아름다운
시의 나라로 데려다줄 것을 믿어야 한다.

자전거 타고 하늘나라

이 세상 그만 살고 오라고
하나님 부르시면
자전거 타고 하늘나라 가겠네
쓰다 만 시 메모지 주머니에 넣고

개울 건너 고개 넘어
가다가 힘이 부치면
쓰다가 만 시 다시 꺼내 쓰면서
쉬엄쉬엄 찾아가겠네

그날에 아이여
내가 사랑했던 아이여
나를 위해 울지 말고
고운 손들어 흔들어다오

노래라도 고운 노래 불러다오
꽃 속에 또 하나 꽃이 되고
신록 속에 또 하나 신록이 되어.

산티아고로 떠나는 시인에게

객지의 날이 길고 길겠네
부디 아프면 안 돼
좋은 생각 맑은 생각 많이 하며
잘 다녀와

우리들 세상의 목숨은
어차피 한 번뿐이고
진정한 사랑도 한 번뿐이고
가슴 저미도록 아름다운 여행도
한 번뿐인 거야
지금 그대는 그 여행을 떠나려는 거구

나는 결단코 아지 못하는 땅
가보지 않은 고장
그곳의 구름이 되고
나무가 되고 바람이 되고 싶어 하는
영혼아 푸른 영혼아

아주는 그곳에 머무르지 말고
그곳의 바람과 햇빛과
구름과 나무만 데리고 오기 바래

모르는 곳 그곳으로
그대 떨치고 떠날 수 있는
그대의 조건과 그대
자신에 대해 감사하면서
잘 다녀오기를 빌어

다녀오면 내 그대를
한 번 안아줄게
내 키가 비록 그대 키보다
훨씬 작지만 말이야.

꿀벌의 언어

─────── 세상의 모든 음식물 가운데 가장 정결하고 아름다운 음식물은 젖과 꿀이다. 그러기에 성경에서도 가나안 땅을 '젖과 꿀이 흐르는 땅'이라고 표현했을 것이다. 젖은 동물에서 나오는 음식이지만 그 동물을 해치지 않고 얻을 수 있는 음식이다. 또 그 음식은 어린 것들을 기르고 가꾸는 거룩한 먹이가 된다. 꿀은 식물에서 얻는 음식인데 역시 가장 고급하고 영양가가 높은 음식이다.

나는 여기서 꿀과 연결하여 시를 이야기해보고 싶다. 또 시인에 대해서도 이야기해보고 싶다. 꿀은 본래 꿀벌의 것이 아니었다. 우리가 알다시피 꿀은 꽃에 있었던 것이었다. 꽃들이 생존 수단으로 꽃가루받이를 하기 위해 스스로 마련한 것이 꿀이다. 이렇게 꽃들이 준비한 꿀을 꿀벌이 찾아가

모은 것이 꿀이다. 그러기에 우리는 '꽃꿀'이라고 하지 않고 '벌꿀'이라고 한다.

이것은 시를 두고서도 같은 맥락으로 설명될 수 있다. 본래 꿀이 모든 꽃에게 있었던 것처럼 시는 세상 만물, 세상 모든 사람의 생각과 느낌, 그 삶 속에 이미 내재한 그 무엇이다. 그것을 시인들이 가져다가 자기의 시로 만드는 것이다. 그렇지만 아무도 그러한 시를 세상 모든 사람의 시라고 말하지 않고 시인의 것이라고 말한다. 꿀의 경우에서 꽃의 꿀, 꽃꿀이 아니라 벌의 꿀, 벌꿀이라고 말하는 것과 같다.

이런 점에서 시인들은 겸손해야 하고 늘 자기만의 문제나 느낌, 생각에만 몰두하지 말고 주변의 모든 사람들의 그것에 대해 겸허히 귀를 기울이고 부드럽게 접근할 필요가 있다. 그야말로 오만이나 자만, 현학, 자기 자랑은 금물이다. 도대체 누구를 위한 시인가? 다른 사람들을 위한 시여야 한다. 이제는 '나'의 문제만이 아니라 '너'의 문제에 보다 더 큰 비중을 갖고 살가운 관심의 눈을 주어야 하고 또 너의 고통과 슬픔, 실패, 불행, 고난과 함께 해야만 한다.

무엇보다도 벌꿀처럼 유용하고 두루 인간에게 유익한 존재가 되어야 한다. 시인 또한 한 마리 꿀벌처럼 부지런하고 선량한 생명체여야 한다. 그렇지 않고서는 이 시대에 시와 시인이 지지받을 도리가 없고 살아남을 길은 없다. 가령, 몸이 아플 때 우리는 약국에 가서 어떠한 약을 사서 먹는가? 당연히 아픈 증상이 사라지는(병증이 낫는) 약을 사다 먹는다. 시도 마찬가지고 시인들도 또한 그러하다. 이제는 유명한 시, 유명한 시인이 아니다. 그것을 독자들은 요구하지 않는다. 아니 필요로 하지 않는다. 사람들이 지금 마음으로 아프고 살기가 힘들다고 호소하지 않는가! 거기에 대해 즉각적인 대책은 못 된다 하더라도 위로를 주고 어루만짐이라도 주고 동행의 마음이라도 허락해야 한다. 그렇지 않는 한 시가 앉은 자리나 시인에 대한 신뢰나 존경은 애당초 불가능한 것이다.

그냥 줍는 것이다

길거리나 사람들 사이에
버려진 채 빛나는
마음의 보석들.
__나태주, 「시」 전문

이 작품은 내가 쓴 시로서 시의 속성에 대해서 쓴 글이다. 애당초 꿀이 모든 꽃들에게 산재해 있는 것처럼 시 또한 모든 사람들, 모든 사물, 모든 삶과 사건들 속에 숨겨져 있던 것들이다. 얼핏 보기엔 버려진 물건, 쓰레기처럼 보인다. 그렇지만 그것을 제대로 알아보는 사람에게는 그것은 단연코 보석이다. 그러한 보석을 시인들이 언어로 표현하는 것이 바로 시이다. 그러할 때 시인과 시는 다시 한번 편안하고도 넓은 지평을 얻게 될 것이다.

가끔 나는 좋은 말, 특별한 말을 하는 사람들에게 이렇게 말하곤 한다. "말씀을 그렇게 함부로 막 하지 마십시오. 제 곁에서 그렇게 좋은 말을 하면 제가 그 말을 훔쳐다 시로 쓸 것입니다." 처음에 사람들은 자기에게 욕을 하는 줄 알았다가 듣고 보니 자기의 말이 좋다는 말이고 아름다운 말이라는 것이니 오히려 즐겁게 웃는 경우가 있다.

이처럼 시는 너의 것이 나의 것이고 또 나의 것이 너의 것이고, 그래서 서로가 상통하면서 유쾌하게 주고받는 그 무엇의 세상인 것이다.

마음이
살짝
기운다

1판 1쇄 발행 2019년 2월 18일
1판 15쇄 발행 2024년 11월 1일

지은이 나태주
그린이 로아(변유선)

발행인 양원석
편집장 차선화
영업마케팅 윤송, 김지현, 이현주, 백승원, 유민경

펴낸 곳 ㈜알에이치코리아
주소 서울시 금천구 가산디지털2로 53, 20층(가산동, 한라시그마밸리)
편집문의 02-6443-8861   도서문의 02-6443-8800
홈페이지 http://rhk.co.kr   등록 2004년 1월 15일 제2-3726호

ISBN 978-89-255-6573-6 (03810)